# EL REY LEÓN

## UN CUENTO CONTADO

Adaptado por Liza Baker • Traducido por Susana Pasternac

Random House 🏠 New York

Copyright © 1999 por Disney Enterprises, Inc. Todos los derechos reservados bajo las Convenciones
Internacional y Panamericana de Copyright. Publicado en los Estados Unidos por Random House, Inc.,
Nueva York, y simultáneamente en Canadá por Random House of Canada, Limited, Toronto, en combinación
con Disney Enterprises, Inc. RANDOM HOUSE y colofón son marcas registradas de Random House, Inc.
Publicado originalmente por Mouseworks en 1999. Primera edición de Random House: agosto del 2001.
Número de catálogo de la Biblioteca del Congreso: 00-112071   ISBN: 0-7364-0138-5
Impreso en los Estados Unidos
10  9  8  7  6  5  4  3  2

www.randomhouse.com/kids/disney

# NACE UN PRÍNCIPE

El ardiente sol africano se alzó sobre un paisaje sorprendente. Había jirafas, cebras, elefantes y otros muchos animales ante la Roca del Rey. Era un día muy importante.

El rey Mufasa y la reina Sarabi miraban cómo Rafiki, el sabio mandril, presentaba al reino su hijo recién nacido. Todos los animales se inclinaron ante el príncipe Simba.

Pero Skar, el hermano menor de Mufasa, no había asistido a los festejos. Estaba furioso porque ya no era el heredero del trono.

Mufasa y su consejero, Zazu, fueron a preguntarle a Skar que por qué no había estado en la presentación de Simba.

-Oh, seguramente lo olvidé -dijo Skar, de mala gana.

Pasaron los días y Simba se transformó en un cachorro curioso y juguetón. Una mañana Mufasa llevó a Simba a la cima de la Roca del Rey.

-Todo lo que el sol ilumina es nuestro reino -le dijo a su hijo-. Un día, el sol se pondrá sobre mi reinado y nacerá contigo como el nuevo rey.

-¡Oh! -exclamó Simba-, ¿y eso allá, en la sombra?

-Está fuera de nuestras fronteras, Simba. No debes ir allá -dijo Mufasa, severo.

-¡Pensé que un rey podía hacer lo que quisiera! -dijo Simba sorprendido.

-Ser rey es más que hacer lo que tú quieras -explicó Mufasa-. Debes respetar a todas las criaturas. Todos estamos unidos en el gran Ciclo sin Fin.

Simba trató de escuchar pero estaba muy ocupado persiguiendo saltamontes y practicando sus zarpazos.

Justo entonces, llegó Zazu con noticias. ¡Las hienas habían invadido las Tierras del Reino!

Mufasa le ordenó a Zazu que llevara a Simba a casa y corrió a echar a las hienas.

-Nunca me llevan a ningún lado -se quejó Simba.

De regreso a casa, Simba fue a visitar a Skar.

-Mi papá acaba de mostrarme todo el reino -dijo orgulloso Simba-. ¡Algún día seré rey!

-¿Te mostró lo que había en la frontera norte? -preguntó Skar con malicia-. Sólo los leones más valientes irían a un cementerio de elefantes.

Simba no vio la trampa que le tendía su tío y decidió demostrar que podía ser un cachorro muy valiente.

Simba corrió a buscar su amiga Nala. La encontró con las leonas adultas, en una roca cercana.

-Mamá, ¿puedo ir con Nala a un lugar sensacional... cerca del estanque? -mintió Simba.

-Bueno, si Zazu los acompaña -dijo Sarabi.

-Tenemos que deshacernos de Zazu -le susurró Simba a Nala-. ¡Vamos a un cementerio de elefantes!

Riendo, Simba y Nala corretearon por la llanura entre las manadas de animales para escapar de Zazu.

-¡Nos escapamos! -dijo Nala.

Simba y Nala jugaron hasta caer de golpe sobre una gigantesca calavera de elefante.

Cuando Zazu llegó, ya era demasiado tarde. ¡Estaban rodeados por Banzai, Shenzi y Ed, tres babeantes hienas de garras afiladas!

Las hienas atacaron a Zazu primero.

-¿Por qué no se meten con alguien de su tamaño?
-gritó Simba.

Una de las hienas quiso atrapar a Nala, pero
Simba le dio un zarpazo en la cara.

De repente, un rugido tremendo sacudió la tierra.
¡Era Mufasa!

Su garra gigantesca golpeó a una de las hienas.

-Si las vuelvo a ver cerca de mi hijo...

Las hienas huyeron antes de que terminara
la frase.

Ya en casa, Mufasa regañó a Simba.

-Me desobedeciste -dijo.

-Sólo quise ser valiente como tú, papá -dijo Simba.

-Ser valiente no significa buscarse problemas -replicó Mufasa.

Entonces, Mufasa le contó que los reyes del pasado los miraban desde las estrellas.

-Ellos siempre te guiarán... lo mismo que yo -dijo Mufasa

# LA TRAMPA DE SKAR

Furioso, Skar supo por las hienas que Simba
había escapado. Pero no tardó en idear otro plan para
deshacerse del cachorro y de Mufasa.

    -Yo seré rey -rugió.

    Al día siguiente, Skar fue a buscar a Simba.

    -Tu padre te tiene una sorpresa -dijo.

    Skar llevó a Simba hasta un desfiladero y le dijo
que esperara.

Entonces, Skar les ordenó a las hienas que espantaran a una manada de ñúes. ¡Asustados, los animales salieron en estampida en dirección a Simba! Con el estruendo de los cascos, Mufasa miró hacia el desfiladero y cuando vio a Simba, corrió en su ayuda.

Simba quedó a salvo, pero mientras Mufasa trataba de subir una empinada colina para escapar de la estampida, las piedras se desmoronaron bajo sus pies.

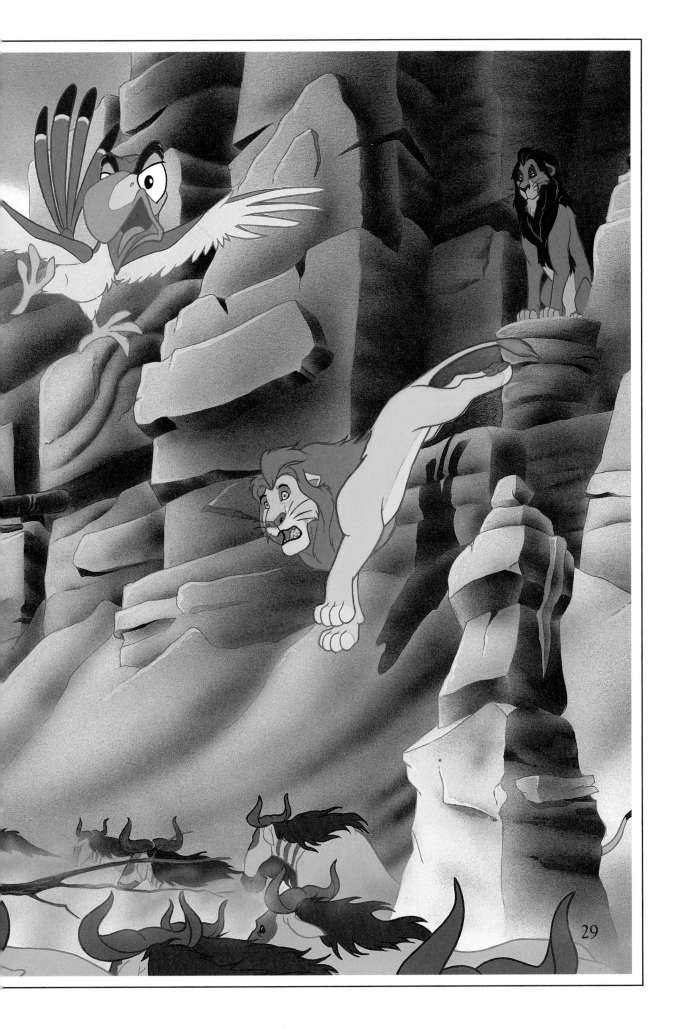

Tratando subirse a la colina, Mufasa vio a Skar.

-Hermano, ayúdame -gritó.

Pero Skar clavó sus garras en las patas de Mufasa y susurró:

-¡Que viva el rey! -Mufasa resbaló por la escarpada cuesta y desapareció bajo los cascos de los ñúes.

Simba había visto caer a su padre. Cuando terminó la estampida, corrió hacia Mufasa y trató de despertarlo, pero el rey león estaba muerto.

-¡Auxilio! -gritó Simba.

Skar llegó junto a Simba.

-Si no fuera por ti -dijo- tu padre estaría vivo todavía. ¡Huye, Simba! ¡Huye y no regreses jamás!

Desesperado, Simba huyó lo más rápido que pudo.

Skar envió a las hienas tras Simba para que lo mataran, pero eran tan cobardes, que en lugar de ello le gritaron:

-¡Si regresas, te mataremos!

Skar, seguro de la muerte de Simba, se fue a
la Roca del Rey.

-¡Con dolor en mi corazón -mintió- acepto
ser el nuevo rey!

En las Tierras del Reino, todos lloraron la
muerte de Simba y de su querido rey.

Entretanto, Simba huía de las Tierras del Reino. La tierra seca resonaba bajo sus pisadas. El sol ardiente caía sobre él y los buitres volaban en círculo sobre su cabeza. Agotado, Simba se desmayó.

Simba despertó después de un largo rato. En lugar del desierto, estaba rodeado de flores y árboles.

Un jabalí llamado Pumba y una suricata llamada Timón lo habían llevado a su casa.

—Casi te mueres —le dijo Pumba.

—¡Nosotros te salvamos! —dijo Timón.

Simba les dio las gracias y se levantó, dispuesto a partir.

Pumba le preguntó que de dónde era, pero Simba
no quiso contestar.

-Hice algo terrible... pero no quiero hablar de ello.

-Deja atrás las preocupaciones, muchacho -dijo
Timón-. Sin pasado, sin futuro, sin problemas ¡hakuna
matata!

Simba decidió quedarse con sus nuevos amigos.

# La decisión de Simba

Pasaron los días y los meses y Simba se transformó en un joven león.

Una noche, mirando las estrellas, Simba recordó las palabras de su padre.

-Una vez, alguien me contó que los grandes reyes del pasado nos miran desde esas estrellas -les dijo a sus amigos.

Al día siguiente, mientras Pumba cazaba bichos, una feroz leona lo atacó. Pumba se puso a chillar y huyó corriendo pero quedó atrapado bajo un tronco caído.

—¡Me va a comer! —gimió.

Simba oyó a su amigo y corrió a ayudarlo.

Simba se enfrentó a la leona y los dos lucharon con furia. De pronto, Simba reconoció a su vieja amiga Nala.

-¡Estás vivo! -dijo Nala, feliz-. ¡Quiere decir que eres el rey!

Entonces Nala le contó cómo Skar había destruido las Tierras del Reino.

-Si no haces algo, todos morirán de hambre.

-No puedo volver -dijo Simba, alejándose molesto.

Simba pensó en las palabras de Nala.
-No volveré -se dijo- no cambiaría nada-. En
eso, Simba escuchó una cancioncita.
Era Rafiki, el mandril, que se acercaba.
-Si quieres ver a tu padre, mira
aquí -dijo Rafiki, señalando hacia
un plácido estanque.

Simba se encontró frente al rostro de su padre.

-¿Lo ves? -dijo Rafiki-. ¡Él vive en ti!

Simba escuchó una voz.

-Mira dentro de ti, Simba. Recuerda quién eres. Eres mi hijo... y el verdadero rey.

Al día siguiente, Rafiki se encontró con Nala, Timón y Pumba. Les dijo que Simba había regresado a las Tierras del Reino.

-Se fue a retar a su tío -dijo Nala, feliz.

Cuando Simba llegó a las Tierras del Reino, lo que vio lo dejó muy triste. Su tierra era ahora una llanura reseca.

Con valentía, Simba siguió adelante.

Ya en la Roca del Rey, Simba dejó
escapar un rugido que sacudió la tierra. Skar
quedó aterrado. Creía que las hienas habían
matado a Simba hacía tiempo.

-Este es mi reino -gritó Simba-. Retírate, Skar.

Skar les ordenó a las hienas que atacaran.
Éstas rodearon a Simba, empujándolo hacia el
abismo.

Simba clavó sus uñas en la roca mientras Skar lo miraba desde el borde del risco.

-Tu padre se veía igual que tú, antes de que yo lo matara -gruñó Skar.

Finalmente, Simba comprendió que Skar había matado a su padre. Con renovado vigor, Simba subió a la roca y arremetió contra él.

En eso llegaron Nala, Timón y Pumba, y comenzó la batalla en la Roca del Rey.

Esta vez, Simba acorraló a Skar en la Roca del Rey, pero decidió perdonarle la vida. Le ordenó que partiera y que no volviera nunca más.

Skar pretendió alejarse, pero se dio media vuelta y golpeó a su sobrino. Simba respondió con sus enormes garras y Skar cayó al abismo.

63

Simba volvió a ser el rey de las Tierras del Reino y los prados se cubrieron de flores. Pronto, los animales se reunieron ante la Roca del Rey para celebrar el nacimiento de la cachorra de Simba y Nala. El Ciclo sin Fin continuaba.